好想飛的兔老大

Q-rais 著、許婷婷 譯

兔老大是三隻小兔子的老大哥，他們正在森林裡悠哉散步。

突然，兔老大停下腳步，望著天空中的海鷗，開口說出了這樣的話：

「我好想像海鷗一樣，
自由的在空中飛翔……」

忠心耿耿的三隻
小兔子小巴、小皮
和小布下定決心，
要幫助兔老大
完成願望。

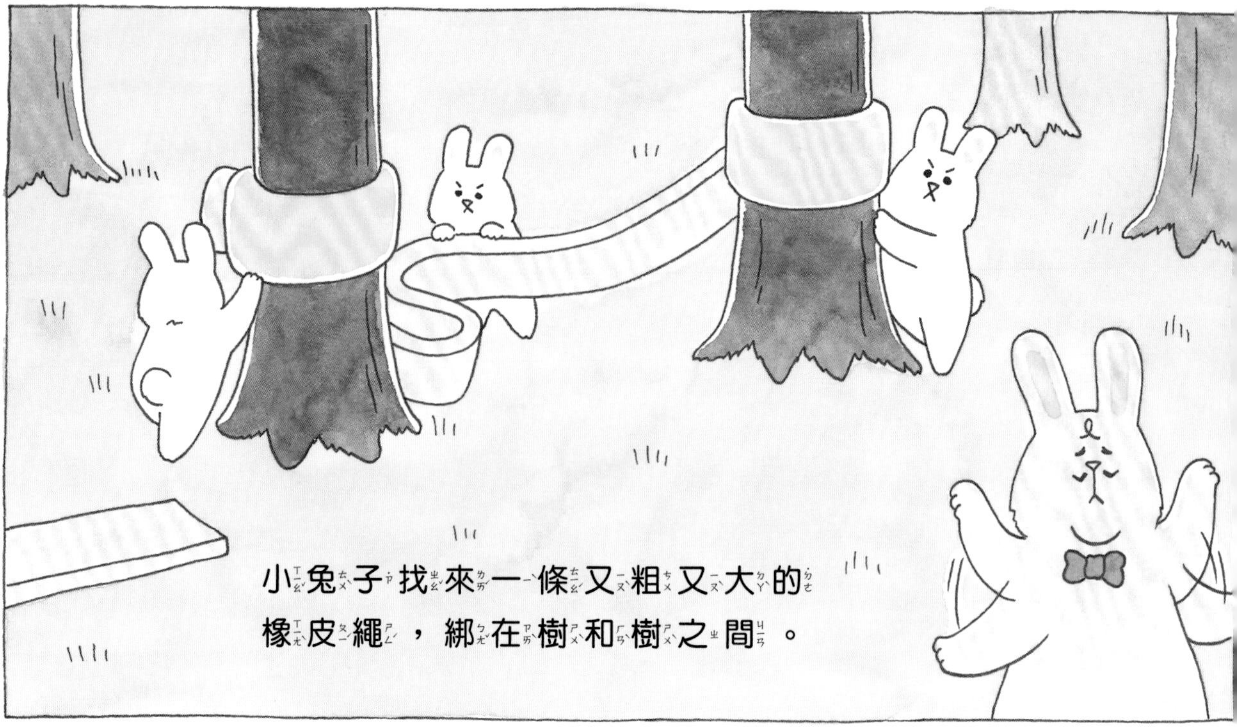
小兔子找來一條又粗又大的
橡皮繩，綁在樹和樹之間。

然後使勁的將兔老大往後拉。

兔老大問：「這樣真的可以嗎？」

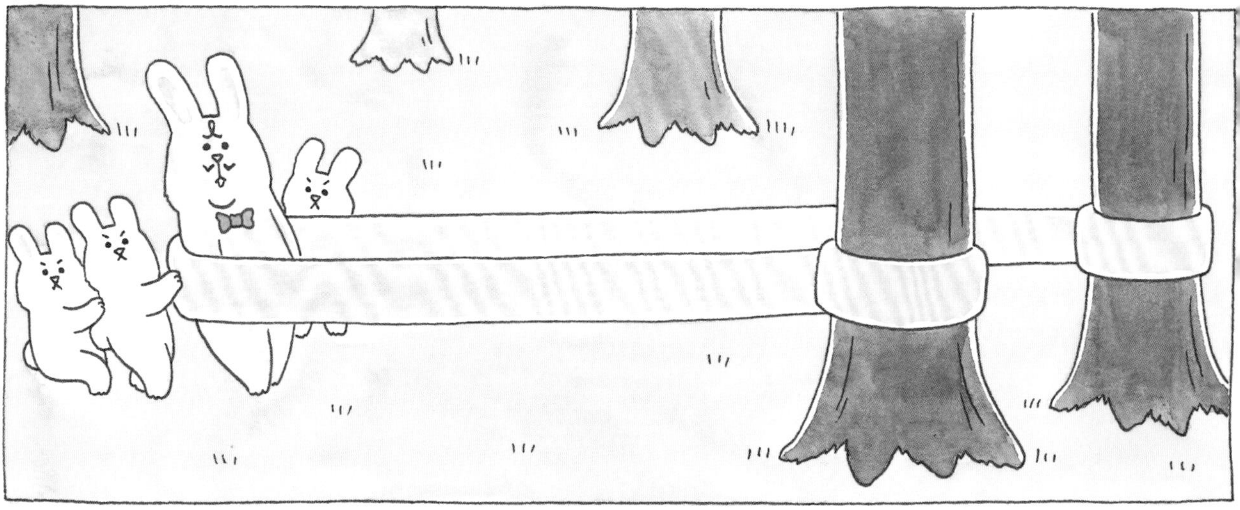

接著，小巴、小皮和小布一起在同一瞬間放開了手。

咻—！
噗通！

「飛滿遠的耶！」
「老大飛去哪裡了？」
小兔子東張西望，
到處尋找兔老大。

「啊，找到了！
老大，你還好嗎？」

「我還好，
但是倒掛在樹上了！」

小兔子七手八腳的，
從樹上救出兔老大。

「老大，飛起來的感覺如何？」
「呃……只有飛一下子而已，
我什麼都記不得了！」

「下回一定可以像
海鷗般翱翔。」
「老大，加油！」
「好，我會努力的！」

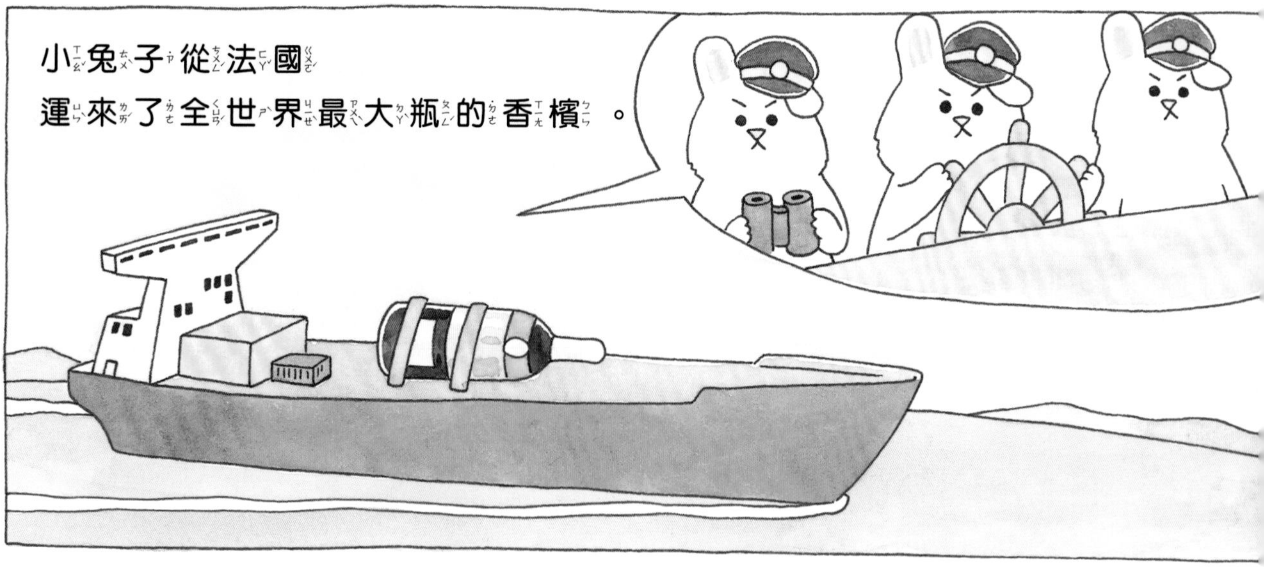
小兔子從法國
運來了全世界最大瓶的香檳。

「香檳華麗的風格很適合我，
但是真的飛得起來嗎？」
兔老大不禁有點擔心。

大家合力將香檳直立起來，
然後請兔老大趴在香檳頂端的
軟木塞上面。
兔老大又問了一次：
「真的飛得起來嗎？」
於是……

啵！

咻～！
砰咚！

「比上次飛得更高耶！」
「先趕快找到老大吧。」
「老——大——！」

「找到了，在那裡！」
「您沒事吧？」

「我沒事，但黑漆漆的，什麼都看不見，已經是晚上了嗎？」兔老大問。
小兔子趕緊合力從軟木塞下面救出兔老大。

「老大，下回一定能順利的！」
「嗯，但是請給我一點時間，
讓我整理一下心情。」

「老大，我們絕對會成功！」
「老大，再接再厲！」
「嗯……我會加油……」

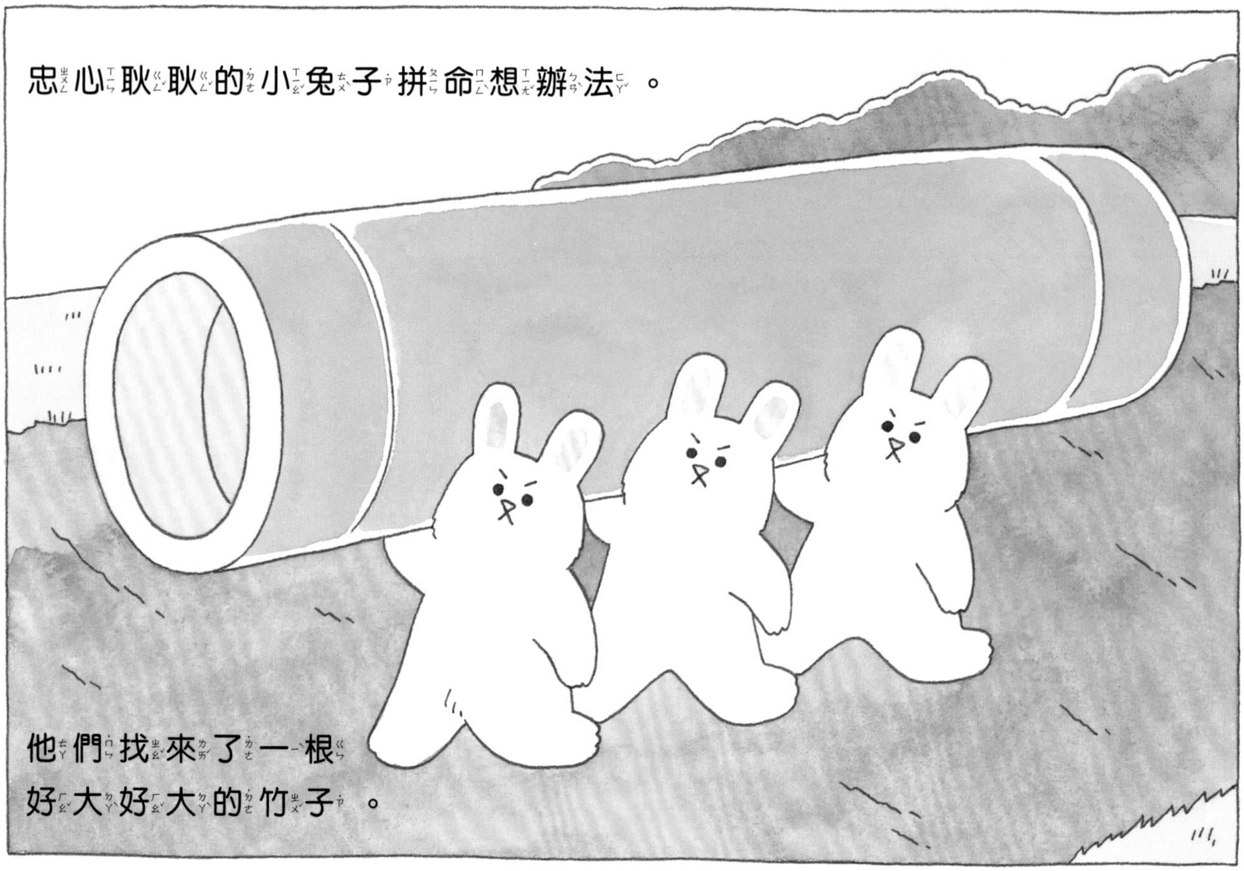
忠心耿耿的小兔子拼命想辦法。
他們找來了一根
好大好大的竹子。

切開。

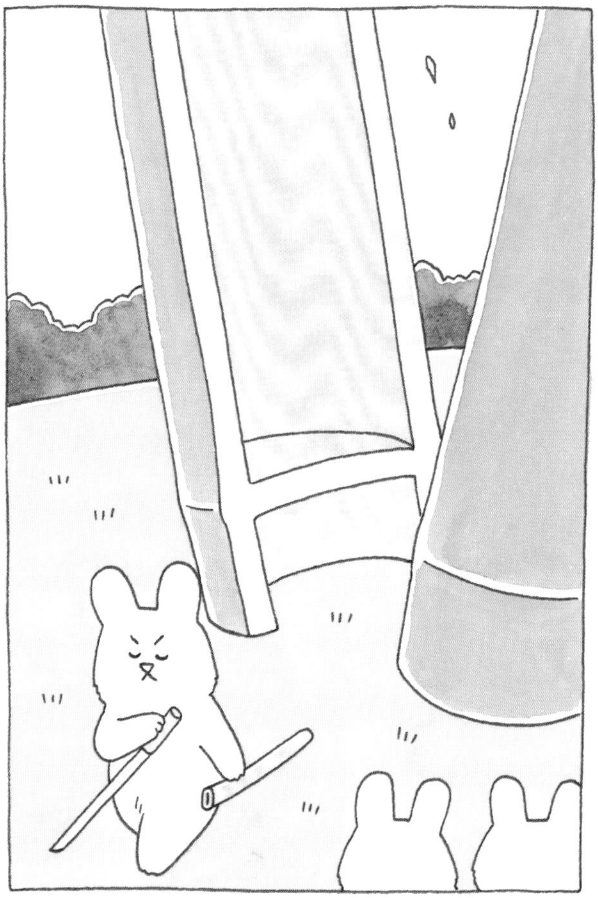

削好。

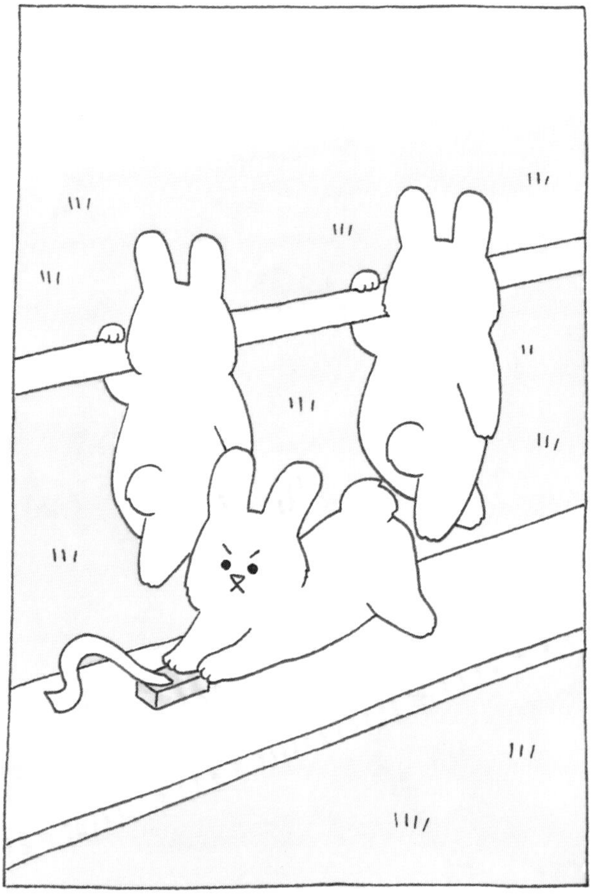

終於，大功告成！
是一隻竹蜻蜓，高到要伸長脖子抬頭仰望。

兔老大有預感，這次鐵定可以在藍色的天空中自由自在的飛翔。

看到三位夥伴滿懷希望的表情，
兔老大更有自信了。

啓程前，兔老大特地發表了行前演說。

這是一場令人感動萬分的演講。

大家送上了花束，
祝福兔老大旅程平安。

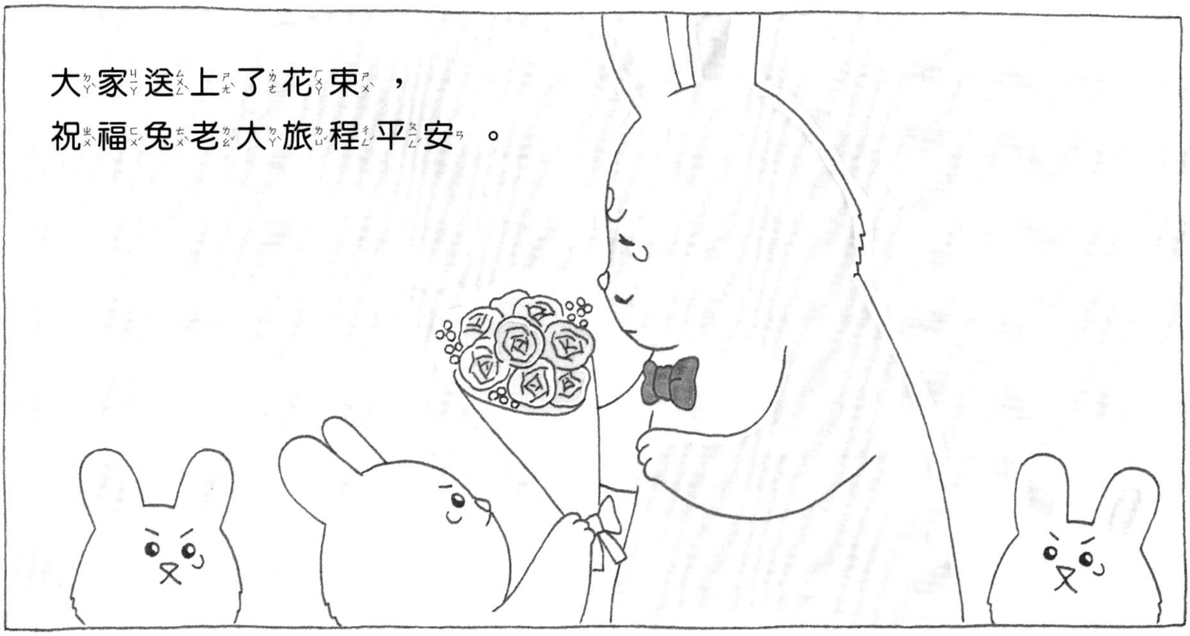

「老大，一定要抓緊喔！」
「好，我會加油。」

咻！
轉啊

咻一隆

「太棒了！成功了！」
「老大，萬歲！」
「哇，太好了！」

「啊！老大被甩出去了！」
咻咻～隆
砰咚！

「老大，您有沒有受傷？」
「我沒事，但是你們怎麼變成這麼多隻小兔子呢？」

「老大，那是因為您頭暈了！」

夜幕低垂，
兔老大和小兔子
決定回到兔子窩。

接著，小巴、小皮和小布發揮本領，做了拿手的晚餐，他們個個都是料理達人。

兔老大一邊吃著紅蘿蔔燉飯，
一邊想：
「有你們這些夥伴在身邊，
我真是隻幸福的兔子呀！」

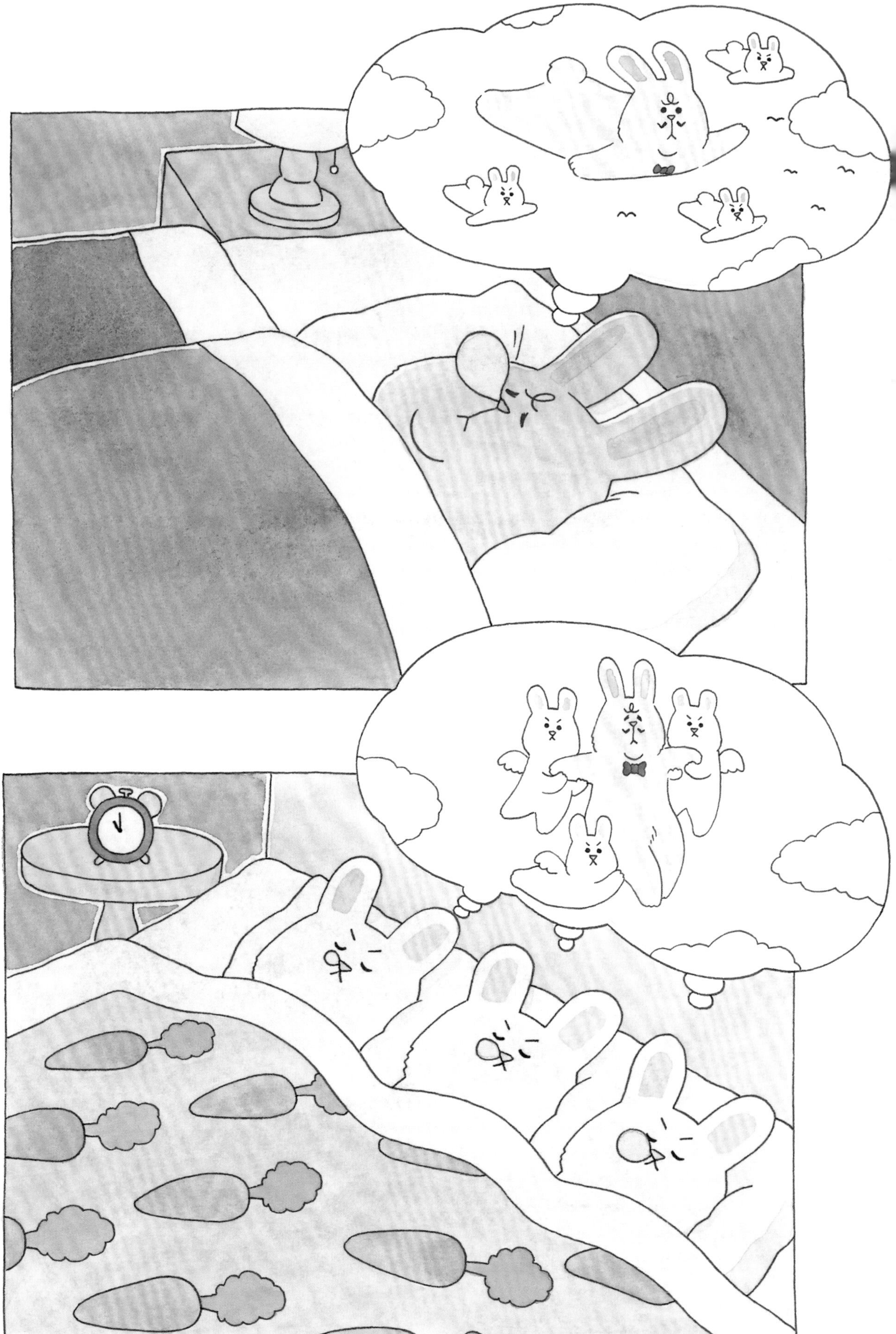

一個風和日麗的溫暖午後，在優雅的午茶時光中，兔老大突然說出了這樣的話：

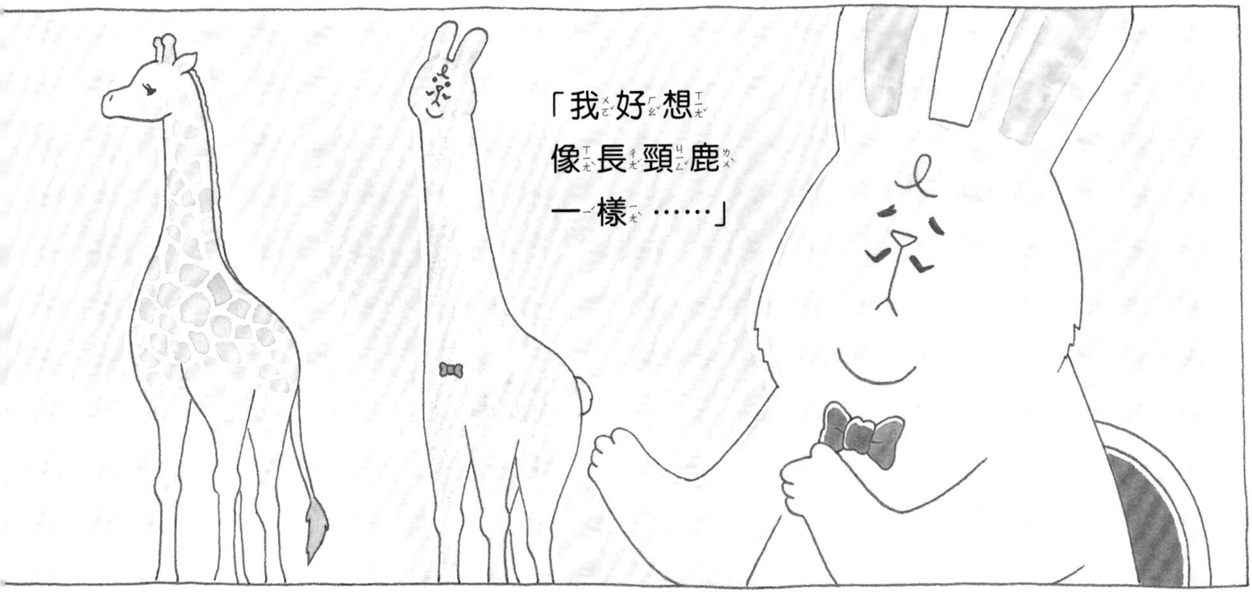

忠心耿耿的三隻小兔子下定決心，要幫助兔老大完成願望……

小兔子一隻踩著另一隻的
肩膀疊羅漢，
讓兔老大站得好高好高。
「老大，您覺得如何？
變成長頸鹿的感覺
怎麼樣？」

但是，兔老大一副愁眉苦臉的樣子。最底下的小兔子，體力已經到了極限，於是，三隻小兔子……

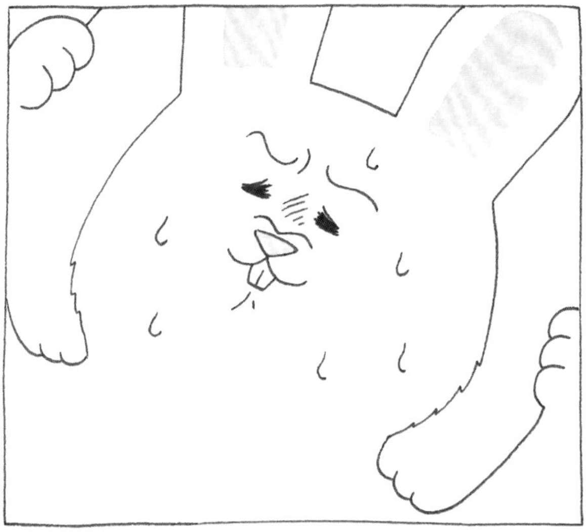

拿了紙和膠帶，剪呀剪、貼呀貼。
做成了一個個圓筒，
然後再塗上顏色。

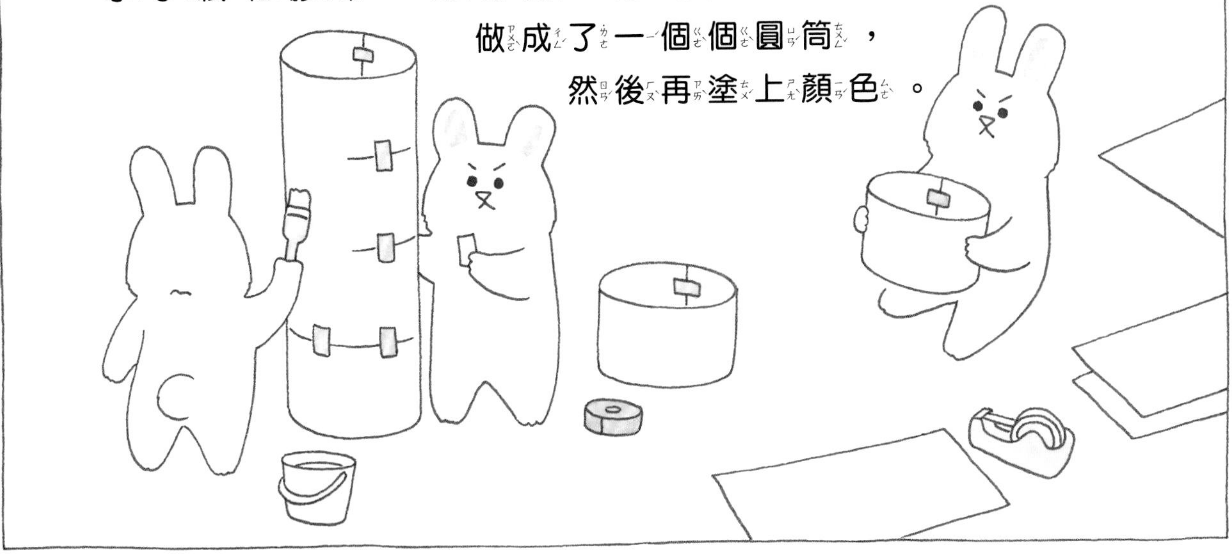

小兔子合力做出了一頂長頸鹿帽子，戴在兔老大頭上。
「老大，您覺得如何？」

但是，兔老大的表情
充滿了有苦難言的感覺。
接著，三隻小兔子……

扛來了四根好長好長的竹子。

再拿出繩子，將竹子固定在兔老大的四隻腳下。

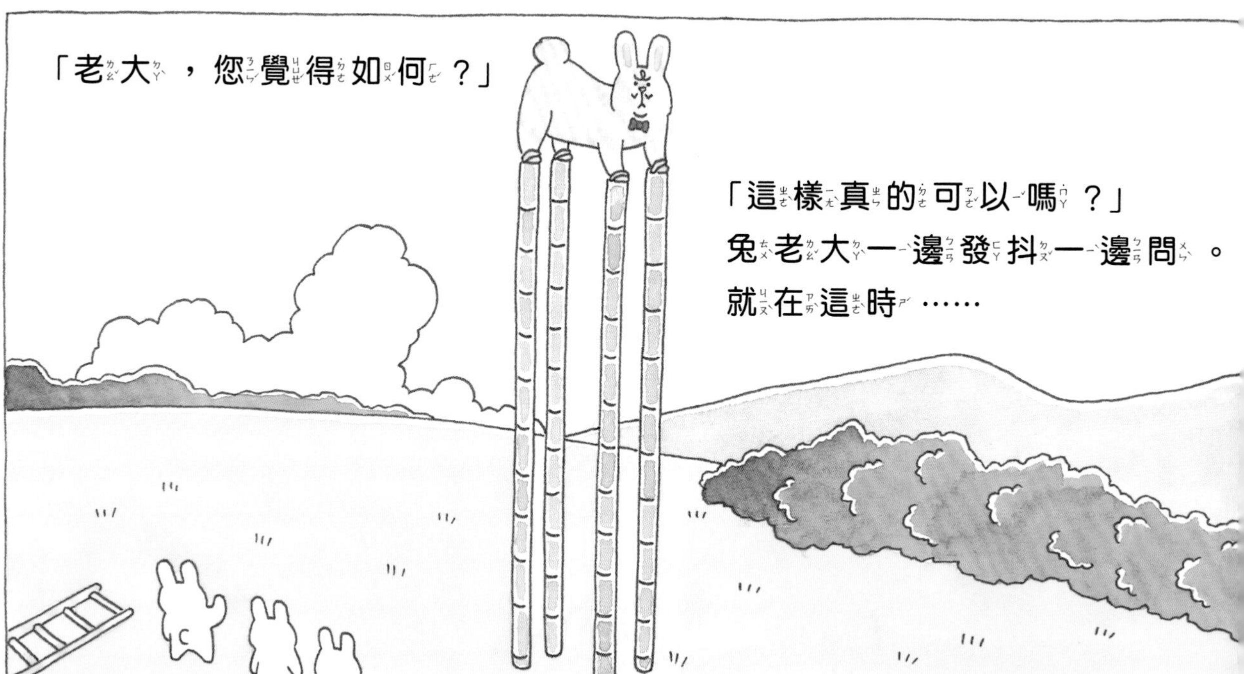

「老大，您覺得如何？」
「這樣真的可以嗎？」
兔老大一邊發抖一邊問。
就在這時……

飛撲！
砰咚！
「老大，您還好嗎？」
「還好，但是我想要自己靜一靜。」
「下次一定會成功，一起加油吧！」
兔老大沉默了片刻，才說：
「嗯，我會加油。」

「哇——！」「很棒吧？」「老大！」

「謝謝你們，我現在好感動呀！」

原來，小兔子特地拜託了長頸鹿先生
讓兔老大坐到牠的頭頂上。
能夠和長頸鹿看到一樣的風景，
兔老大內心十分滿足。

回家路上，兔老大興高采烈的
說著從長頸鹿頭頂上看到的美麗景色，
小兔子不知不覺流下了開心的眼淚。
兔老大心想，
一定是自己描述的畫面太美了，
大家才會這麼感動吧。

作者｜Q-rais（キューライス）

本名坂元友介。一九八五年出生於日本栃木縣。從高中時期開始自學並創作短篇動漫，於東京造形大學主修動漫，並於研究所畢業。創作領域豐富，除了漫畫，偶爾擔任戲劇指導，身兼插畫家、動畫創作者、繪本作家，在各領域都非常活躍。超人氣作品「貓生好難」系列受到熱烈喜愛，什麼都做不好但是不斷挑戰自我的胖胖貓，爲讀者帶來爆笑與療癒。

作品曾獲：尤里．諾斯汀大賞最優秀獎、吉祥寺動畫電影節大獎、日本文化廳Media藝術祭審查委員推薦作品獎、廣島國際動畫影展優像獎、DigiCon6 亞洲大賞。喜歡貓、落語及散步。

譯者｜許婷婷（藍莓媽咪）

東京大學教育學博士課程修畢，御茶水女子大學文學碩士，淡江大學文學碩士，具備日本口譯協會專業口譯執照。二〇〇八年成立【藍莓媽咪日文繪本親子讀書會】，透過繪本和童謠，以童心韻文和溫馨手指謠的方式，帶領所有愛聽故事的孩子們進入日文繪本故事的殿堂，繪本譯作有《這是蘋果嗎？也許是喔》、《脫不下來啊！》、《眞好耶！小學生快樂生活日記》等。成人書譯作有《家人這種病》、《每個孩子都是問題兒童》等。育有二子。藍莓媽咪的【日文繪本親子讀書會】www.facebook.com/blueberrymama/

小麥田 繪本館1

好想飛的兔老大

ドン・ウッサ そらをとぶ

作者：Q-rais／譯者：許婷婷／封面設計、美術編排：翁秋燕／責任編輯：汪郁潔／國際版權：吳玲緯／行銷：闕志勳、吳宇軒／業務：李再星、陳美燕、李振東／總編輯：巫維珍／編輯總監：劉麗眞／總經理：陳逸瑛／發行人：凃玉雲／出版：小麥田出版／10483台北市中山區民生東路二段141號5樓／電話：(02)2500-7696／傳眞：(02)2500-1967／發行：英屬蓋曼群島商家庭傳媒股份有限公司城邦分公司／10483台北市中山區民生東路二段141號11樓／網址：http://www.cite.com.tw／客服專線：(02)2500-7718｜2500-7719／24小時傳眞專線：(02)2500-1990｜2500-1991／服務時間：週一至週五09:30-12:00｜13:30-17:00／劃撥帳號：19863813／戶名：書虫股份有限公司／讀者服務信箱：service@readingclub.com.tw／香港發行所 城邦(香港)出版集團有限公司／香港灣仔駱克道193號東超商業中心1/F／電話：852-2508 6231／傳眞：852-2578 9337／馬新發行所 城邦(馬新)出版集團 Cite (M) Sdn Bhd. 41-3, Jalan Radin Anum, Bandar Baru Sri Petaling, 57000 Kuala Lumpur, Malaysia.／電話: +6(03) 9056 3833／傳眞: +6(03) 9057 6622／讀者服務信箱 :services@cite.my／麥田部落格：http:// ryefield.pixnet.net／印刷：漾格科技股份有限公司／初版：2021年4月 • 初版七刷：2023年6月／售價：340元／版權所有．翻印必究／ISBN：978-957-8544-50-5／本書若有缺頁、破損、裝訂錯誤，請寄回更換。

好想飛的兔老大/Q-rais作；許婷婷譯. -- 初版.
-- 臺北市：小麥田出版：英屬蓋曼群島商家庭傳媒股份有限公司城邦分公司發行, 2021.04
面； 公分. -- (小麥田繪本館；1)
譯自：ドン·ウッサ そらをとぶ

ISBN 978-957-8544-50-5(精裝)
861.599 110000919

Don Ussa Sora wo Tobu

小巴
小皮
小布